Ute Wegmann

Manchmal bist du überall

Ute Wegmann

Manchmal bist du überall

Geschichten & Gedichte

Mit Bildern von
Thomas Müller

dtv

Für Philip + Franziska

MIX
Papier aus verantwortungsvollen Quellen
FSC® C043106
FSC
www.fsc.org

1. Auflage 2022

Umschlag und Layout: Thomas Müller
Satz: Gaby Michel, Hamburg
Gesetzt aus der Optima
Druck und Bindung: Grafisches Centrum Cuno, Calbe
Printed in Germany · ISBN 978-3-423-64091-6

Inhalt

Tierchen und Tiere 7

Tautropfen und Jahreszeiten 39

Eis und Leckeres 59

Freibad und die ganze Welt 81

Fußball und Flipflops 113

Sonnenblumen und Heuköniginnen 141

Verzeichnis der Gedichte und Geschichten 159

Tierchen und Tiere

ein Tierchen
auf allen vierchen
ich lag im Gras
und sah's

Marienkäfer

Marienkäfer, lauf nicht rum!
Was machst du nur für ein Gebrumm?
Steh still, ich will dich doch nicht quälen,
will deine hübschen Punkte zählen.

»Oh, bitte«, fleh ich: »Halt doch an!«
Du krabbelst weiter, aber dann
ein Flügelschlag, ein kleiner Wind,
ich bleib allein zurück, ich Kind.

Zusammenprall

Mitten auf der Straße steh ich,
so was macht man ja auch nicht,
eine Hummel, wohl in Eile,
fliegt mir mitten ins Gesicht.

Prallt verwirrt in vollem Fluge
gegen meine heiße Wange,
fällt sofort, die Nicht-so-Kluge,
hart auf den Asphalt – liegt lange,

Beine in die Luft gestreckt,
denke ich: Die ist verreckt!

Da dreht sie sich
völlig benommen,
hat echt den Weg
zu Fuß genommen.

Pferd, Pudel und Elefanten

Ein Pferd will mal wer anders sein,
bestellt sich ein Kostüm als Schwein.
Ganz rosa liegt es dann im Matsch,
die andren rufen: »So ein Quatsch!«

Zwei Erpel rennen um den See,
da stößt der erste sich den Zeh,
der zweite läuft alleine weiter.
Verrückt, jetzt wird der Erste Zweiter.

Drei Pudel lassen sich beim Föhnen
von Ohr bis Schwanz total verwöhnen.
Mit Lockenwicklern glatt das Haar,
und Blond finden sie wunderbar.

Vier Spechte wurden gestern wach
und hatten richtig großen Krach.
Sie klopften wie Bauarbeiter,
drei erregt, einer fand's heiter.

Fünf Fliegen lieben Streuselkuchen,
sie würden dafür Tickets buchen
und flögen einmal um die Welt,
weil Streusel sie bei Laune hält.

Sechs Esel fressen Oleander,
danach sind sie voll durcheinander.
Sie wollen sofort Tretboot fahren
und Kräuterschnaps für ihren Magen.

Sieben Bienen beim Kartoffelsalat,
es fehlen Würstchen, das finden sie fad.
Doch von den Zwiebeln pupsen sie
eine lustige Melodie.

Acht Katzen treffen sich bei Nacht
und machen Sport bis gegen acht,
meist hinter der Kapelle,
danach gibt's Tagliatelle.
(Manchmal auch Forelle oder sogar Sardelle).

Neun Ameisen im Liegestuhl.
»Wow, seid ihr faul und megacool!«,
das sagt Klein Harry, der Ameisenbär
und frisst sie auf: neun Liegestühle leer.

Zehn riesengroße Elefanten
mit riesenbreiten Stinkequanten
springen zusammen in den See.
Zack, Wasser weg, o weh, o weh!

Elf Spatzen üben Blasmusik,
das klingt sehr laut und nicht so schick.
Sie wollen zum Oktoberfest,
doch Mutter ruft: »Ab jetzt, ins Nest!«

Zwölf Igel sind komplett verliebt.
Dass es das unter Igeln gibt!
Sie lieben ihre Igelfrauen.
Ob sie sich wohl das Küssen trauen?

Gebimmel

Wiese sattgrün, Sonne strahlt,
Tannenschatten, die ich mag,
alle Schwestern, alle Brüder,
jeder sich am Bache aalt,
wirklich ein perfekter Tag.

Aber ich geh nirgends hin,
stehe fest auf einer Stelle,
denn ich kann es nicht mehr hören,
was macht das für einen Sinn,
das Gebimmel, dieses helle?

Mir brummt schon brutal der Schädel,
dingdongdingdong, so die Glocke,
die Geschwister schaun gebannt,
Mutter schiebt mich: »Auf, mein Mädel!«,
doch ich bleibe starr und bocke.

Kommt das Bauernferienkind,
streichelt sanft mein Köpfchen,
lächelt, nickt und streift
über meinen Hals geschwind
das bimmelnde Glöckchen.

Fröhlich hüpf ich übern Hang:
Ende mit dem Glockenzwang.

So ein Esel

Ein Esel saß auf einem Baum,
das war nicht echt, das war ein Traum.
Er wippte hin und wippte her,
als ob er ein dickes Vögelchen wär.

Da zwitscherte er plötzlich leise:
»Ach, wäre ich doch eine Meise,
ich flöge weiter bis ans Meer«,
sagte er.

Stieß sich ab und schwang sich auf,
flog ein Stück, kam echt gut drauf.
Doch wie in solchen Träumen immer,
irgendwann fällt man ins Zimmer,
unser Esel in den Stall,
das gab einen satten Knall.

Der Po des Schwans

Ein Schwan, schneeweiß, die Federn weich,
paddelt stolz über einen Teich.
Tagaus, tagein am Wasser sein,
das findet er fein.
Mücken, Fischlein, grüne Pflanzen
sieht im Sonnenlicht er tanzen.

Um was Leckeres zu schnappen,
zu ergattern einen Happen,
muss er sich hinunterbücken,
und die Enten, vor Entzücken,
lachen lauthals: »Ho-ho-ho,
Schwan, wir sehen deinen Po.«

25 Kaulquappen

»Wer die meisten im Glas hat, hat gewonnen!«, sagte Leo.
Wir lagen bäuchlings im Gras und fischten mit einer Flasche am Ufer.
Wir waren aufgeregt, meine Hand zitterte.
Die anderen standen um die Bank herum.
Die anderen waren die Chefs.
Die anderen bestimmten, wer dazugehörte.
Jeder von uns wollte gewinnen.
Ich schüttete die Flasche in das Einmachglas, randvoll.
Da schwammen sie.
Klein. Hässlich. Sehr lebendig.
Sie waren viele.
Viele von ihnen werden nicht überleben, dachte ich.
Er zählte.
»25!«, sagte er nach einer halben Minute.
Du warst dran.
Deine Lippen bewegten sich stumm, zählten mit.
»25!«, sagte er. »Das habt ihr abgesprochen!«
Wir schüttelten die Köpfe.
Wir konnten es selbst nicht glauben.
Wir hatten beide genau 25 gefangen?
»Wer dazugehören will, muss das Glas austrinken!«, sagte Leo.
Nein, schrie es in mir.
Sie lebten. Sie würden in mir herumschwimmen.
Bis sie tot wären.
Nein.

Du warst blass.
Deine Lippen waren Striche.
Deine Hand sah riesig aus, als sie das Glas hochnahm.

In diesem Sommer fehlten im Teich 25 Frösche.
Später habe ich mich gefragt: Wie konnte er die
Kaulquappen so schnell zählen?

Möwen im Tiefflug
stromaufwärts im V
Schlepperbegleitung

Gedanken einer Küstenseeschwalbe

Ich will euch von mir erzählen,
echte Abenteuer wählen,
die das Leben mir gebracht,
jedes meine Kraft entfacht.

Lang hab ich in WGs gelebt,
bei uns Kolonien genannt,
Eier in Sand und Kies gelegt,
mal drei, mal vier, stets Wand an Wand.

Ich mag die Sonne, mag das Meer,
ess Fische, schlürf Krebstiere leer.
Mein Schnabel rot, Gefieder grau,
mit schwarzer Kappe wirk ich schlau.

Freunde hab ich wohl verloren,
auch den ein oder andren Mann.
Die Kinder jährlich geboren,
nicht alle kamen am Ziel an.

Nicht jedes lernte schnelles Tauchen,
seine Augen scharf zu gebrauchen
für das trügerische Licht,
das sich auf dem Wasser bricht.

Naht der Winter, geht's nach Norden,
lang der Weg, bin alt geworden.
Weit ist es, einmal um die Welt,
wenn man den Rückweg auch noch zählt.

Wie ich das noch immer schaffe?
Ich verrat's: Ich schlaf im Flug.
Ein Teil des Gehirns, der schlaffe,
der zweite leitet mich klug.

Ihr seht, es ist ein schönes Leben,
komme wirklich gut herum,
muss mich nun in die Lüfte heben,
zu viel Stehen macht mich krumm.

Wildschwein und ich

Ich gehe durch den Wald.
Es knallt.
Ein Schuss
verhallt.

Mir wird plötzlich kalt,
weil mich die Panik krallt.
Wie sich Gefahr hier ballt!
Wer wütet mit Gewalt?

Ich gehe also schneller,
da hinten wird's schon heller,
will nicht geschossen werden,
lebe ganz gern auf Erden.

Am Waldrand angekommen,
fühl ich mich recht benommen,
seh Wies und Baum verschwommen,
mir ist die Kraft genommen.

Ich setz mich auf 'nen Stein,
denke, ich bin allein.
Doch was rast da? Ganz klein?
Ein echtes wildes Schwein!

Wildschwein bremst ab und starrt
auf mich am Weg, verharrt.
Der nächste Schuss, er kracht.
Wir hab'n vor Glück gelacht.

Kedi und Köpi und der Elterntausch

– Wenn ich dir nie mehr widerspreche, kann ich dann ein Tier haben?
– Nein, Schatz.
– Wenn ich jeden Tag den Müll runterbringe, kann ich dann ein Tier haben?
– Nein, Schatz.
– Wenn ich kein Fernsehen mehr gucke, kann ich dann ein Tier haben?
– Nein, Schatz.
– Wenn ich nie mehr nerve, kann ich dann ein Tier haben?
– Nein, Schatz.
– So einen kleinen Hund?
– Nein, Schatz.
– Oder eine Katze?
– Nein, Schatz.
– Ich hab schon einen Namen, ich würde sie Kedi nennen.
– Kedi?
– Das ist türkisch und heißt Katze. Den Hund könnte ich Köpi nennen, Köpek heißt Hund.
– Ist das auch türkisch?
– Ja, mein Freund Cem hat sieben Haustiere.
– Wer ist Cem?
– Zwei Katzen, einen Hund, einen Papagei, drei Fische. Üç balıklar.
– Keinen Hamster?

– Der ist tot. Cem sagt, alles, was ihm gehört, gehört auch mir.

– Wie nett!

– Mama, ich hab eine Idee. Ich mach Elterntausch mit Cem. Er kommt zu euch, und ich wohne bei seinen Eltern.

– Wie bitte?

– Nur für eine Woche oder so. Oder einen Monat.

– Luca, hör bitte mit den Haustieren auf.

– Männo, Mama, wann glaubst du mir, dass ich ohne Tiere nicht leben kann.

– Ich glaube dir. Aber ich kann ohne dich nicht leben.

Wuselwisch

rotbraun das Blattwerk
und reif die Frucht,
der Herbst klopft an
mit voller Wucht

Farben verblassen
nach und nach,
die Felder abgemäht
und brach

beginnt nun seine
große Zeit
mit Suchen, Sammeln,
stets bereit,

den Kern, die Nuss
ins Haus zu bringen,
sich windesschnell
durch Geäst zu schwingen

kaum sichtbar,
braun in braunem Laub,
buschiger Schwanz,
höchst gewitzter Raub

ein Augenblick,
ein Wuselwisch,
Knopfaugen wach,
ich bewundere dich

Rotkehlchen

Ich wusste, du bist gern allein,
pickst Beeren, Samen, Haferflocken,
versteckst dein Nest im wilden Wein,
zum Singen magst auf Ästen hocken.

Betörend ist dein Federkleid,
ein warmes Rot auf Kopf und Brust,
den Schnabel sperrst beim Trällern weit,
das scheint dir eine große Lust.

Streitsucht, die sagt man dir nach,
doch deine Lieder unbeschreiblich,
»tick – ick – ick« hört man am Bach,
sie klingen wonniglich und weiblich.

Kommt jemand näher, fliegst du fort,
bestimmt aus gutem Grund,
vielleicht ist Einsamkeit dein Ort,
wo du mit dir im Bund.

Schwarz deine Augen, plötzlich starr,
ein kleines Herz bleibt stehn,
verklungen dein Lied, traurig wahr:
Allein musst du heut gehn.

Auf der Fensterbank

Ich sitze gern auf der Fensterbank und schaue
in den Innenhof,
auf Blumen und Pflanzen,
auf die gelbe, die blaue und die schwarze Mülltonne
und zum Dach des Schuppens.
Im Hof ist nichts los.
Niemand bringt den Müll weg.
Niemand holt sein Fahrrad.
Ich würde gerne draußen ein bisschen herumlaufen,
an der frischen Luft.
Am liebsten lass ich mir Regentropfen
von den Blättern auf die Zunge fallen.
Aber jetzt hocke ich hier.
Alle Türen und Fenster sind verschlossen.
Ich gähne: Was für ein Vormittag!
Meine Blicke wandern von den Blumen
zu den Ziegeln der Hauswände
und den Fenstern der Nachbarhäuser.
Auf und ab. Hin und her.
Ich sitze ganz still.
Ich weiß nicht, ob mir langweilig ist,
darüber denke ich nicht nach.
Gemütlich ist es, leise und ohne Menschen.
Meine Leute sind alle weg, zur Arbeit und zur Schule.
Ich hab's gern gemütlich.
Gerade als es am gemütlichsten ist,
landet ein Vogel im Baum vor meinem Fenster.
Er ist schwarz mit gelbem Schnabel.

Und er schaut mich an.
Ich guck zurück. Was soll ich auch sonst tun?
Und ich schwöre, ich mach nichts.
Gucke nur.
Ich beweg nichts.
Nicht mal meine Augen, denn er sitzt ja genau vor mir.
Er fängt an zu schimpfen. Gezeter.
Eine Lautstärke, die nervt. Vorbei die Gemütlichkeit.
Er starrt mich die ganze Zeit an und meckert
und hüpft auf der Stelle.
Ein zweiter Vogel landet auf dem Ast,
grau, gelber Schnabel, er stimmt ein in das Geschrei.
Ich starre die beiden weiter an.
Was ist los mit euch?, denke ich.
Was wollt ihr von mir?
Ich versteh kein Gepiepse und kein Geflöte,
ich bin schließlich kein Vogel.
Aber eins versteh ich gut:
Die beiden sind total sauer auf mich.
Ich hab nichts gemacht. Gar nichts.
Sie hüpfen hin und her, vor und zurück.
Auf den nächsten Ast.
Auf die Dachkante.
Auf den Ast vom wilden Wein.
Auf den Sonnenschirm im Nachbarhof.
Auf die Mauer.
Sie sind laut und unheimlich aufgeregt.
Ich beobachte die beiden.
Lege den Kopf schief, strecke mich, lecke meine Pfoten.
Sie flippen aus. Gleichzeitig. Ein tolles Paar.

Ich sitze auf der Fensterbank
und versteh die Welt nicht mehr.
Sie müssten Angst vor mir haben, denke ich
und döse ein bisschen.
Man kann sich an so ein Geschrei auch gewöhnen.
Nach ein oder zwei Stunden,
oder war es sogar ein halber Tag,
kommt das Mädchen, Eva, und ruft meinen Namen.
Sie findet mich, war nicht schwer,
ich liege ja in ihrem Zimmer, auf ihrer Fensterbank.
Sie streichelt meinen Kopf. Ich mag ihre kleine Hand.
Da entdeckt sie die beiden Lärmbazillen,
die Gute-Laune-Verderber, die Ruhestörer.
»Guck mal, Mascha, die Amseln haben Angst vor dir.
Sie sehen nicht, dass du hinter der Fensterscheibe bist.«
Ich schnurre unter ihren Fingern.
»Sie haben irgendwo hier ein Nest und sorgen sich um
ihre Kinder.«
Ich schaue Eva an. Wie klug sie ist.
Herrje, diese Amseln, denke ich,
muss man denn so zetern,
so einen Lärm machen,
wenn man Angst um seine Kinder hat?
Ich strecke mich und gähne.
Später, wenn ich in den Hof darf,
klettere ich mal ein bisschen herum
und gucke, wo sie ihr Nest gebaut haben,
die beiden Nervbolzen.

Wenn ein Ärger dich erwischt,
nimm ein Tier und er erlischt.
Such dir einfach eines aus:
Esel? Aal? Nur keine Maus.

Heute ist es wirklich zum …

Aale anglotzen
Bären boxen
Chamäleon catchen
Dachse duschen
Esel ekeln
Flunder flitschen
Gimpel grausen
Hai hüten
Ibis impfen
Jaguar jagen
Käfer kitzeln
Lachs lutschen
Motten mögen
Nilpferd nerven
Ochsen opfern
Pinguin pitschen
Qualle quälen
Robbe rollen
Specht sprenkeln
Tukan titschen
Uhu umhauen
Vielfraß falten ;o)
Wanzen waschen
Xori xopeln
Yak yachten
Zaunkönig zerzausen

Tautropfen und Jahreszeiten

Mein Regenraum

Ich sitz in einem Regenraum
auf Kissen, warm und weich wie Flaum,
blick durch den Vorhang aus Tropfen,
hör leise stetes Klopfen.

Mein Raum steht auf nem weiten Strand,
es wird gespielt, gelacht, gerannt,
Menschen, tiefbraun, was ich mich frag:
Ist das ein echter Sommertag?

Fühl wundervoll mein Regenkleid,
bin allein, losgelöst von Zeit,
alles leicht, wohl ein schöner Traum,
im Leben kenn ich so was kaum.

Strand

am Strand
bin ich
Fußabdruck
warmer Rücken
Sand zwischen den Zehen
Salz auf den Lippen
Gänsehaut
Möwenschiss
Wellenreiter, Muschelfinder, Burgenbauer, Ballspieler
Tiefseetaucher, Schnellkrauler, Wasserpruster
Stöckchenwerfer, Steineflitscher, Quallensammler
Leutebeobachter

am Strand
bin ich klein
bin ich groß
bin ich
viele
bin ich
glücklich

baden gehen

mit nackten Füßen
durchs Gras
durch Sand
über Steine
mit Anlauf
in den See
ins Meer
in die Wanne?

untertauchen
vor mir, hinter mir, über mir, unter mir
Wasser
Fisch sein

nordwärts?

Gänse üben ihren Flug
heute noch nordwärts
golden der Spätsommertag

sommermüde

die Wespen torkeln
durch das letzte Sonnenlicht
– wohl sommermüde

Schattenspringen

An warmen Sommerabenden warten wir
auf die Stimme unserer Mutter.
»Kommt rein!«
»Nein«, flüstern wir.
Wir wollen draußen bleiben.
Am liebsten die ganze Nacht.
Auf jeden Fall so lange,
bis die Schatten verschwunden sind.
Wir lieben die Schatten.

Wenn der Schatten unseres Hauses auf die Straße fällt,
fallen die Baumschatten in den Garten.
»Ohne zu berühren«, sage ich.
Wir springen.
Nacheinander.
Über den Schatten der Tannenspitze.
Über den Schatten des Oleanders.
Über den Schatten des Vogelhäuschens.
Über den Schatten der Harke.
Über den Schatten der Wäschespinne.
Über den Schatten der Fahnenstange.
Über den Schatten der Schaukel.

Am liebsten springen wir über den Schatten
unseres Großvaters, der uns holen soll.
Im Abendlicht ist er ein sehr dünner, langer Mann.

Silberwiese

schlaftrunken
vom Morgentraum
im Nachthemd

die Holztür knarzt
in den Angeln

glitzerndes Grasmeer
schillernde Wucht
bis zum See

barfuß
über den Kiesweg
hinein in die Silberwiese

unter den Fußsohlen
zerfließen die Tautropfen

heute soll Sommer sein

Wir sind nicht traurig

Nein, wir sind nicht traurig
über das Ende des Sommers,
wir hatten alles:
Schwimmen im See
Wandern in den Bergen
Fahrradfahren
Stoppelfelder
Mohnblumen
Schmetterlinge
Duft von frisch gemähtem Heu
Sirren und Schwirren der Libellen am Bach
Wespenstich
Zelt im Garten
Ameisen im Ohr
Eis, Eis, Eis …
Nein, wir sind nicht traurig,
tragen wieder Strümpfe und Schuhe,
und mit unseren Füßen
hüpfen, laufen, streifen, schreiten, watscheln wir
durch das Laub
und werden niemals müde
vom Blätterrascheln.

matschig

quitsch quatsch
durch den Matsch
durch die Pfütze
dass es spritze
bis zum Bauch
hoch hinauf
ist voll schön
kann jeder sehn
musst dich halt trauen
dir das Zeug zu versauen

Nasengetriefel

Haare unter Mützen
auf Straßen Pfützen
an Füßen Stiefel
Nasengetriefel
Hände beschuht
im Kamin Glut
das ist der Winter
da möchte ich hinter
Omas Ofen hocken
trocken

Die Eisheiligen

Blumen blühen, die Sonne scheint, der Himmel ist blau wie nie, und Mama sagt: »Zieh eine Mütze an!«
»Der Sommer kommt«, antworte ich und schüttel den Kopf.
»Aber jetzt kommen zuerst die Eisheiligen«, antwortet sie und packt mein Schulbrot ein.
Die Eisheiligen? Ich wusste nicht einmal, dass es Heilige für Eis gibt.
Es gibt Menschenheilige, das hat Opa mir erklärt, die haben Gutes oder Kluges getan oder konnten Kranke heilen.
Heilige für Eis finde ich gut. Eis finde ich auch gut. Immer. Alle Menschen mögen das, Große und Kleine, sogar ganz Alte.
»Wie viele sind es?«, frage ich meine Mutter.
»Vier Tage.«
Ich denke, dass sie zu viel arbeitet, denn die Antwort passt gar nicht zu meiner Frage.
Ich überlege. Wie viele könnten es sein?
Schokolade – Zitrone – Erdbeer – Himbeer – Mango – Pistazie – Haselnuss – Coccobello – Karamell – Orange – Vanille … das wären schon mal elf. Ob sie alle zusammen kommen und wie sie wohl aussehen.
Tragen sie Kleider? Pistazie in Grün und Mango in Gelb? Kommen sie in Hörnchen oder auf Schälchenwagen, in gekühlten Glaskutschen oder in Thermoanzügen?
Welche Sprache sprechen sie: Deutsch, Italienisch, Türkisch?

Vielleicht heißt eine La Santa Cioccolata, vielleicht kommt sie mit der Zitronenheiligen.
Ich esse gern Schokolade und Zitrone in einem Hörnchen.
»Wann genau kommen sie?«, frage ich meine Mutter.
»Sie sind schon da, seit letzter Nacht.«
Ah.
»Ich würde gern die Mangoeisheilige treffen«, sage ich.
Meine Mutter guckt mich an.
»Luca, zieh die Mütze an und frag nicht morgens schon nach Eis!«
Was hat sie denn bloß? Ich hab doch nur nach der Heiligen gefragt.
Zu viel Stress, sag ich doch.
Okay, ich zieh die Mütze an, ist wohl besser, falls ich ihnen auf dem Schulweg begegne. Es muss ja kalt sein, wo sie auftauchen, damit sie nicht schmelzen.
Und wenn ihnen die Sonne gar nichts ausmacht, weil sie in Eisluftkugeln schweben?
Dann zieh ich heimlich die Mütze wieder aus.

Nebel

verschluckt hast du die Farben
verschluckt den Baum
verschluckt das Haus des Nachbarn
verschluckt auch meinen Traum

ich weiß nicht, wo du endest
nicht, wo du beginnst
ich kenn nicht deine Höhe
nicht das Netz, das du spinnst

meist kommst du aus dem Wasser
aus Fluss, Bach oder See
dein weißes Kleid, das legt sich
über den Platz, an dem ich steh

du zeigst nie deine Blöße
so kühl, so still, so dicht
bedrohlich deine Größe
verwunschen dein Gesicht

bist Geheimnis, feuchter Ort
und plötzlich fort

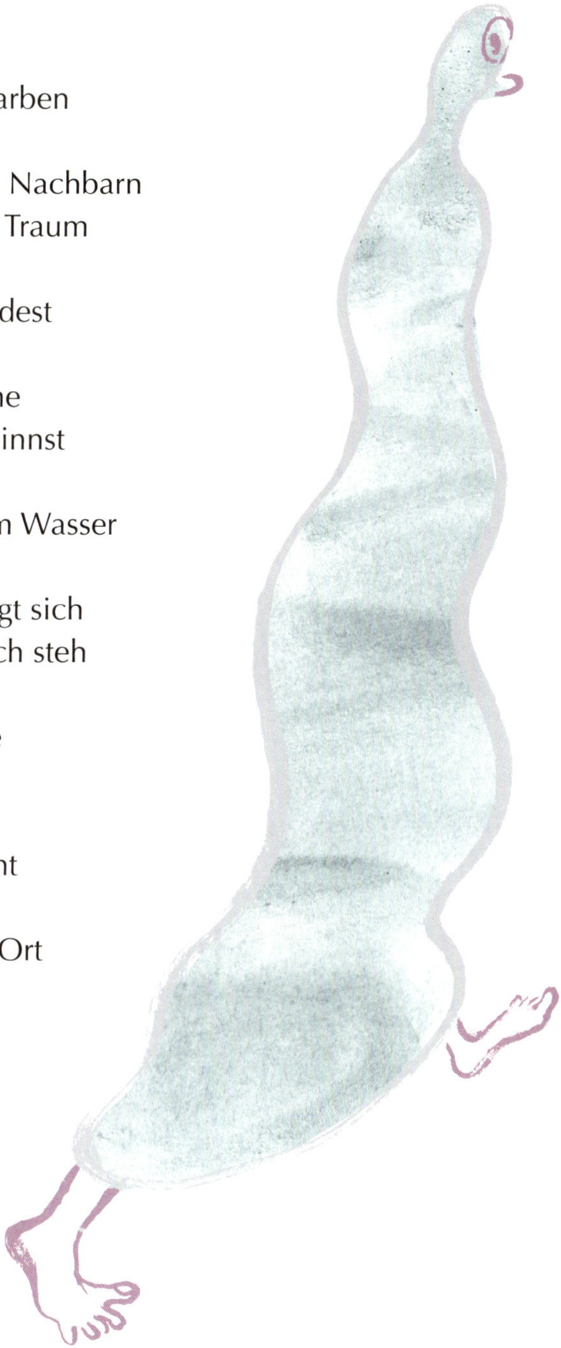

Regenfenster

Donnergrollen.
Regen peitscht
über
Autodächer
Fahrradsattel
Kinderwagen
prasselt
gegen
die Scheibe.

Auf der Fensterbank sitzen
Wollsocken bis zum Knie.
Im Kerzenlicht
tanzen die Tropfen
auf unserem Regenfenster.

Mütze auf

Meine Mütze liebe ich.
Denk: Keinen Weg ohne dich!
Hält mich warm und leis die Welt,
schimpfen, meckern – gar nichts zählt.

Meine Mütze macht mich stark
für verhassten Erdbeerquark,
für Kürbissuppe mit Muskat
und Ekelwörterschreisalat.

Meine Mütze schützt mein Herz
vor Grinsgesicht und Blöd-Scherz.
Sie reicht bis hinab zum Zeh,
hüllt mich ein – nichts tut mehr weh.

Musst du dich mal schnell verstecken,
doch es fehlen dunkle Ecken,
Mütze auf, alles wird gut.
Mütze auf, schon hast du Mut.

Winterliebe

Winter mag ich wirklich sehr,
glaubt mir keiner, ist auch schwer,
liegt an meiner Tante Leyla,
jeden Tag ist sie für mich da.
Naht der Frost, beginnt ihr Stricken,
mit Nadeln, rund, die nicht picken,
voll der Korb mit weicher Wolle,
alle Farben, wirklich tolle.

Und was ich besonders liebe:
Leyla strickt Hühner und Diebe,
dazu Wichtel, Wald und Wiese,
Eule, Dachs, Zwerg neben Riese.
Anfangs kannst du nichts erkennen,
plötzlich siehst du Rehe rennen,
Vögel sitzen in den Tannen,
Schneegestöber, Eis auf Kannen.

Dieser Pullover ist ein Fest,
trag ihn heute beim Mathetest.
Und schon bin ich in der Schule.
Langeweile. Knibbel, pule
an dem Heft, dem Buch, der Mappe,
Seiten, die ich vorwärtsklappe,
fällt mein Blick auf das Winterbild,
ist Schule nur noch halb so wild.

Schnell bin ich in der Geschichte,
spring im Wald von Hirsch zu Fichte,
riech den Schnee, Kristalle knirschen,
seh was Rotes: Fuchs beim Pirschen.
Schau hinunter auf meinen Bauch,
entdeck ein Eichhorn unterm Strauch.

Höre schon lange nicht mehr zu,
bin tief im Wald, genieß die Ruh,
folge Zickzack-Wichtelspuren,
vergessen Lehrer, Hefte, Uhren,
bis ein Schatten auf mich fällt
von Frau Bine Meyer-Held.

Sieht mein Heft, geschlitzt der Rand,
ich versteh nur »… allerhand!«
Werd ermahnt mit einer Bitte,
den Pullover, gelb wie Quitte,
umzudrehen ohne Debatte,
denn als Nächstes komme Mathe.

Ich folg schweigend ihrem Wunsch,
ziehe nicht mal einen Flunsch.
Sie kennt nullo meine Welt,
ich seh halt, was mir gefällt.
Rasend geht so ein Test vorbei,
im Winterpulli, eins-zwei-drei.

Eis und Leckeres

Ei

Softeis

ssssss
so
soft
oft
öfter
öfter Ei
öfter Eis
ssssss

Es sieht gut aus
will hoch hinaus
ist kalt wie Schnee
und leicht wie Fee.

Es tropft nach allen Seiten
deshalb, lecken beizeiten
und wie das schmeckt:
perfekt!

Ich bin im Paradies
beeilen wäre fies
will es voll genießen
Augen schließen.

Nichts kommt mir in die Quere
doch jetzt starr ich ins Leere:
Wo ist es bloß geblieben
mein Softeis Nummer sieben?

Holunderblütenmilchsuppe

Hol die Milch, Liebling!
Eine Flasche und eine halbe.
Pflück die Dolden, Liebling!
Fünf Stück.
Trenn die Eier, Liebling!
Zwei.
Sieb das Mehl, Liebling!
Einen großen Löffel.
Nimm Zucker, Liebling!
Einen kleinen Löffel.
Prisel das Salz, Liebling!
Eine Prise.
Wieg die Haferflocken, Liebling!
Eine Tasse.
Rühr immerzu um, Liebling!
Es wird schon dick, Liebling.
Es riecht gut, Liebling.
Nach Holunderblüten.
Nach Milch.
Nach Eischnee.
Nach Holunderblütenmilchsuppe mit Eischneehäubchen.

Sahnehörnchen

Oh, ich liebe Sahnehörnchen,
esse jedes Zuckerkörnchen.
Aber Mama sagt oft »Nein,
viel zu süß.« Ich viel zu klein.

In mir wächst ein großer Wunsch
und da hilft auch keine Flunsch,
stell mein Zimmer auf den Kopf,
finde kleines Geld im Topf.

Warte in der Bäckerschlange,
steh geduldig langelange,
Hörnchen liegt in der Vitrine,
übers Glas schaut nett Gesine.

Und dann seh ich ihren Rücken,
höre sie den Schalter drücken,
hör, wie Sahne sich ergießt,
fein und zart ins Hörnchen schießt.

All das Warten ist vergessen,
ich denk nur noch: essenessen.
Auf der Theke liegt mein Geld.
Wohl genug? Ob sie es zählt?

Zwinkert, in der Hand die Pracht,
höher, als ich je gedacht.
Ja, ich find das Leben schön,
Sahnehörnchen, lass uns gehn!

Mein Schulweg

Sie drückt mir die Tüte mit dem Käsebrot in die Hand.
Ein Kuss auf die Stirn, trocken wie Toast.
»Pass an der Kreuzung auf!«, ruft sie mir hinterher.
Ich drehe mich um, winke. Wie jeden Morgen.
Ich passe auf.
Am Ende der Straße, beim letzten Haus, öffne ich das Vorgartentörchen und schlüpfe hindurch. Da sitzt sie, breitet ihre Arme aus, und ich schmiege mich hinein, mit Jacke und Rucksack. Die Käsebrottüte knistert. Ich rieche Rosenshampoo und Bergamottenparfüm. Omas Duft.
Sie streichelt über mein Haar und greift in ihre Strickjackentasche.
»Zaubervitamine!«, lächelt sie und gibt mir einen Apfel.
Ich küsse ihre Wange.
»Ich hab dich auch lieb!«, rufe ich, als ich das Holztörchen schließe.
Meine Schritte sind leicht. Der Apfel duftet nach Herbst.
Am Henoth-Platz picken Vögel Brotkrumen, über den Brunnenrand stolziert eine Taube, und vor der Bäckerei steht Chris in weißer Hose und kariertem Hemd mit mehlbestäubten Armen.
»He, so früh schon unterwegs!«, sagt er.
»Schule eben! Und du?«
»Seit vier!«
Ich roll die Augen.
Er hebt die Hand, ich soll warten.
Ich weiß genau, was er gleich macht: Er geht in den Laden.

Ich weiß genau, was er gleich sagt, wenn er zurückkommt.
»Spezialcroissant mit Glücksschokolade!«
Ich grinse. Wie das duftet, ich kann nicht widerstehen, obwohl mein Bauch voll ist mit Müsli und Joghurt. Die warme Schokolade liegt auf meiner Zunge und steigt wie Feennebel in mein Hirn.
»Es ist das Beste, das du jemals gemacht hast!«, nuschel ich mit vollem Croissantschokomund und bedanke mich.
Vor dem Büdchen sitzt Milena. Als sie mich sieht, macht sie die Zigarette aus und wedelt den Rauch weg, dann hebt sie mich in die Luft, als wäre ich ein Blatt Papier.
»Wieso bist du so stark?«, frage ich.
»Wieso bist du so leicht?«, lacht sie.
Ich weiß die Antwort: Sie trainiert. Jeden Tag. Mit Stangen, Seilen, Bändern, Gewichten. Sie will nach Hawaii, einen Wettbewerb gewinnen.
Oben in der Luft drückt sie mir einen rauchigen Kuss auf die Nase.
»Lieblingsnichte!«, sagt sie.
»Lieblingstante!«, antworte ich und gehe weiter.
Im Blumenladen steht Roland und bindet Olivenzweige mit Rosen zu einem Strauß. Er winkt mir zu, die Rosen in seiner Hand wackeln mit den Köpfen.

An der Ampel überquere ich die Hauptstraße. Von allen Seiten strömen sie mit Rucksäcken Richtung Schule.
Ich rufe meine Freunde.
Clara hakt sich bei mir ein. Franz macht es ihr nach. Wir bilden eine Kette. Drei – fünf – sieben.
Das letzte Stück gehen wir zusammen.

Ich in der Mitte. Ich spüre ihre warmen Arme und den Nasenkuss, schmecke die Schokolade, rieche Apfel und Rosen und höre die Stimme meiner Mutter.
Später werde ich das Käsebrot essen.

Mango im Haar

Als sie mich weckt, hat Mum Mango im Haar,
ich küsse sie, und sie riecht wunderbar.
So frisch und fruchtig und nach Meer und mehr,
beim Frühstück rücke ich immer näher.

Schließ die Augen, schnupper, summe Lieder,
finde mich zwischen Okapis wieder,
tauche mit Delfinen durch die Gischt,
dass der Löwe mich bloß nicht erwischt.

Mama ahnt nichts von dem Obst im Zopf,
auch nichts von der Welt in meinem Kopf,
hört Gebrumm, Gesumm, Geschnüffel
wie von altem Wasserbüffel.

Und schon sehe ich es flutschen,
Mangoscheibchen kommt ins Rutschen.

Ernst betrachtet sie die gelbe Frucht,
zögert, ich seh Lippen und ein Gähnen,
ihre Augen blitzen, und mit Wucht
verschwindet meine Welt
zwischen ihren Zähnen.

Ferien in Rimini

brausiges Brausen
am Gaumen
auf der Zunge
feuchte Süße
auf den Lippen
LIMO denken
riechen, spüren, schmecken

die letzte Limonade
und dann ins Bett

Basilikum

ich dichte auf Basilikum
das steht in meiner Küche rum
da steht es ganz alleine
hat Stiele und nicht Beine

Pinienkerne

– Mama, es gibt ja Menschen, die essen keine Tiere.
– Ja.
– Auch Kinder?
– Ja.
– Gar keine Tiere? Auch keine Fische?
– Manche essen kein Fleisch und keine Fische. Andere essen nur weißes Fleisch vom Hühnchen. Wieder andere essen nur Fisch. Es gibt viele verschiedene Möglichkeiten.
– Gut, dass es so viel Gemüse gibt.
– Warum?
– Damit das mit dem Essen nicht langweilig wird.
– Stimmt!
– Mama, dieses Müsli hier, das du mir gemacht hast, das ist ja auch ohne Tiere, oder?
– Klar. Das sind nur Körner, Getreideflocken und Obst und Joghurt.
– Und Pinienkerne?
– Nein, ohne Pinienkerne.
– Ich mag auch keine Pinienkerne.
– Es sind auch keine drin.
– Aber gibt es überhaupt Pinienkerne, die sich bewegen?
– Luca, was soll das? Es sind keine Pinienkerne drin, und Pinienkerne sind Kerne, die können sich nicht bewegen.
– Aber meine hier im Müsli, die können das.

– Oh nein, Luca, spuck das sofort wieder aus!
– Och, Mama, reg dich doch nicht auf. Sie krabbeln doch nur am Rand entlang, weil ich sie vorher schon aussortiert habe.
– Gib das Müsli rüber, Luca.
– Aber es wäre doch gar nicht sooo schlimm gewesen. Im Fernsehen haben Leute auch schon mal Insekten gegessen.
– Luca, ganz ehrlich, das ist ekelhaft.
– Mama, ganz ehrlich, ich hab immer schon gesagt, dass ich keine Pinienkerne mag. Erst recht nicht, wenn sie zwischen Johannisbeeren herumkrabbeln.

Senf

du bist für mich
der optimale Strich
du bist die Schärfe für das Schlaffe
mit deiner Farbe der Giraffe
hebst du dich ab
bist Würze, bist Wonne
ich kenn's
wenn man zu viel nimmt
brennt's

du kannst auch mal ein Häufchen sein
auch so gehäuft find ich dich fein
dann kann ich ohne Unken
die Brühwurst in dich tunken

Senf

Vielliebchen

Alles haben wir schon ausprobiert: Vierblättrige Kleeblätter gesucht. Den Wecker gestellt, um nachts auf Sternschnuppen zu warten. Unterwegs im Auto aus dem Fenster geguckt auf der Suche nach einem Schäfer mit Schafen oder einem Schornsteinfeger in schwarzem Arbeitsanzug. Alles das soll Glück bringen.
Nichts. Nichts. Nichts von alldem haben wir gesehen. Immer noch wünscht sich Teresa einen kleinen Hund und ich mir einen kleinen Bruder.
»Tut das bei dir manchmal auch so weh, wenn du daran denkst?«, fragt Teresa.
Ja, Teresa weiß genau, wie es mir geht. Sie kennt das Gefühl in der Brust, links, da, wo das Herz ist. Es zieht und drückt und klemmt jedes Mal, wenn sie einen lockigen braunen oder schwarzen Hund sieht. So geht es mir, wenn ich Babys sehe, die wackelig über die Wiese laufen. Mama sagt, das Gefühl nennt man Sehnsucht.
»Was können wir tun, damit sich unsere Wünsche erfüllen?«, frage ich Teresa, als wir am Frühstückstisch sitzen und auf ihre Mutter warten, die zum Bäcker gefahren ist.
»Weiß nicht!«, antwortet Teresa und malt ihr Pudelbild weiter.
Da dreht sich der Schlüssel in der Haustür, und die Mutter bringt eine Riesentüte duftender Brötchen und Croissants, die sie in eine Schale schüttet. Sie beugt sich über ihren Einkauf.

»Das ist aber ein toller Zufall!«, ruft sie. »Guckt mal, ein Vielliebchen!«
In der Hand hält sie zwei Brötchen, die zusammengebacken sind. »Ein Vielliebchen ist ein Geschenk, man kann sich damit etwas wünschen.«
»Etwas wünschen?«, rufen wir gleichzeitig.
»Jede von euch muss ein Brötchen festhalten. Nur festhalten. Seid ihr bereit?«

Wir sind bereit, halten das Doppelbrötchen, das über dem Tisch schwebt.
»Jetzt Augen schließen und ganz dolle den Wunsch wünschen. Dann zieht jede ganz langsam an ihrem Brötchen. Und dabei immer weiterwünschen.
Wünschen, wünschen, wünschen.«
Wir konzentrieren uns.
Augen schließen. Ziehen. Augen öffnen.
Wir schauen auf die Brötchen in unseren Händen.
»Als Nächstes Butter drauf und genüsslich verspeisen«, sagt Teresas Mutter.
Teresa und ich nehmen die Aprikosenmarmelade, und ich spüre meinen Wunsch ganz stark in meinem Bauch.
»Das Vielliebchen wird uns Glück bringen«, flüstere ich.
»Ich weiß!«, flüstert Teresa zurück.
Pudel und Bruder, macht euch auf den Weg, wir erwarten euch!
Später werde ich Teresa fragen, ob ihr Bauch auch so warm war.
Aber jetzt freue ich mich auf das Schokocroissant, das mag ich viel lieber als normale Brötchen. Außer sie sind Vielliebchen.

Kastanien

ihr seid
ein bisschen rund
und gar nicht bunt,
hart und auch weich,
habt innen Fleisch

ihr kommt
im Stachelkleid
zu zweit,
ihr liegt ganz still,
wer euch jetzt will,
ob wildes Kind, ob wildes Schwein,
die finden euch wohl fein

mal landet ihr
in einem Magen,
mal werdet ihr
hinweggetragen,
seid mal ein Männlein,
mal ein Pfand,
mir schmeichelt ihr
in meiner Hand

Freibad und die ganze Welt

Freundschaft

Hand in Hand
Rücken an Rücken
Fuß gegen Fuß
Wange an Wange
Lippen auf Lippen
warm und kalt
weich und hart
hell und dunkel
lachen und weinen
immer für dich da sein

So ein Tag

Franz hat mich geschubst,
ich vor Schreck gepupst,
Lena hat's gehört,
Selim sich beschwert,
Frido laut gelacht
Dilek Öl gebracht.
Otto wedelte Luft,
schon war der Duft verpufft.

Alle schauten mich blöd an.
»Wisst ihr, was ich auch noch kann?«
Alle schüttelten den Kopf,
tippten an die Stirn: Klopf! Klopf!

Zuerst rülpste ich drei Mal,
Ohrenwackeln war eher Qual,
knackte meine Fingerglieder,
sang italienische Lieder.

Alle klatschten und staunten sehr
nun kannten sie mich etwas mehr.

Schlauchboot

Da liegt es im Sand.
Wo?
Da, da vorn.
Komm, wir pusten es auf.
Ich zuerst.
Pustpustpustpust
Anstrengend.
Jetzt ich.
Pustpustpustpust
Boh, meine Lunge.
Gib!
Pustpustpust
Guck mal, es stellt sich auf.
Jaa!
Außen rot und innen gelb.
Genau richtig.
Mach du noch mal.
Pustpustpustpust
Es klappt, glaube ich.
Ja, es ist ein Boot.
Stöpsel, schnell!
Ziiiiiiiisch … ziiiiiiiisch
Vorsicht!
Es hat genug Luft.
Haben wir Ruder?
Nein! Hände.
Komm, wir tragen es zum See.

Es ist so leicht.
Unser Schlauchboot.

Freibadduft

Sommerluft
Freibadduft
alles riecht nach
Chlor
und
Fritte
und wir mitten in der Mitte
Sonnencreme auf Stirn und Nasen
Zickzacklaufen übern Rasen
einen Tag lang Paradies

Fehlt noch Eis!
Kein Eis?
Wie mies!

Bademantelgürtel

Samstag im Freibad,
und natürlich haben sie gerade das Becken frisch
mit kaltem Wasser aufgefüllt.
Es ist eisig.
Noch ist die Wiese fast leer, aber es riecht schon nach
Sonnenmilch.
Du willst immer sofort ins Wasser,
springst von einem Fuß auf den anderen.
»Na los, dann geh halt«, sagt Mama.
Und weg bist du. In deinen gestreiften Boxerbadeshorts.
Du bist ein guter Schwimmer, ein sehr guter Taucher,
der beste Springer.
Vielleicht warst du mal ein Fisch.
Ich breite die Decke aus, lege mich auf den Bauch,
Sonnenbrille auf der Nase, und checke die Jungs.
Es wird immer voller. Handtuch liegt neben Handtuch.
»Hol mal deinen Bruder«, sagt Mama nach einer langen
Weile.
Als ich mit dir zurückkomme, bist du fast blau.
Du vibrierst vor Kälte, sodass man deine Umrisse kaum
erkennen kann.
Mama zerrt den Frotteebademantel aus der Tasche.
»Sofort anziehen!« Sie ist sauer.
Du zitterst dich in die Ärmel, immer noch in nassen
Shorts, und greifst ins Leere.
»Wo ist der Bademantelgürtel?«, fragst du.
Zu Hause im Bad, denke ich.

Der Bademantel, dick und eigenwillig, macht, was er will.
Wie sollst du deine Badehose ausziehen, wenn er nicht zu schließen ist? Ich sehe deine Gedanken.
Mit deinen kleinen Händen versuchst du, ihn zuzuhalten.
Du schaffst es nicht.
Ich beobachte dich.
Dann steh ich auf und halte die Decke um dich herum.
Habe ihn schon oft gesehen, deinen Pimmel.

Traum am Meer

im salzigen Meer
ganz leicht sein
Winde kreuz und quer
fühl mich klein

kämpf mit den Wellen
sie brausen heran
tauch durch die Schnellen
wild, der Ozean

Salz auf meiner Haut
Sand in meinem Ohr
der Geruch vertraut
doch ich stell mir vor

ich läg im süßen
im glatt-klaren Pool
würd es genießen
ja, fänd's richtig cool

tauchen ins Wasser
hinab bis zum Grund
Lippen blau-blasser
schwimmen Stund um Stund

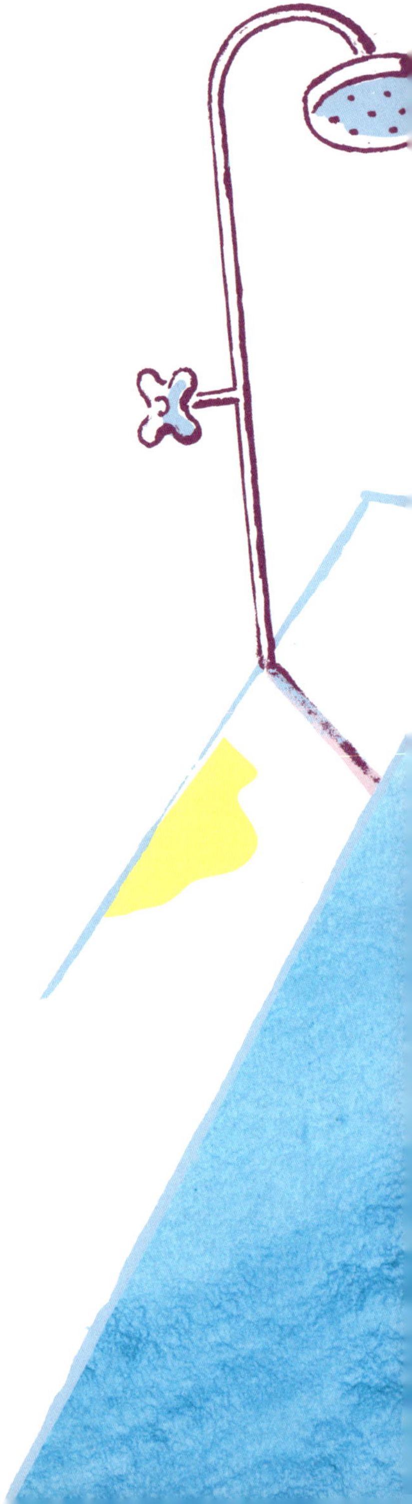

kein Salz in den Augen
kein grelles Sonnenlicht
kein Boot, kein Sandstauben
keine Woge, die bricht

hin- und hergleiten
Bahn um Bahn
frei von Gezeiten
nur mit Sinan

Die Welt – unten und oben

»Bitte! Bitte!«, rufe ich
und renne los
zur Gartentür
zwei Stufen hinunter
über den Hof
zwei Stufen hinauf
aufs Brett schwingen
Seile fassen
mit den Füßen
Luft rudern.

Die Sonne fällt in die Pappeln
kühl der Wind
an meinen nackten Beinen
hoch oben
Gänsehaut.

Die Welt – unten und oben
rote Gladiolen
Wildgänse auf dem Weg nach Süden
gelbes Laub
die Katze am Zaun
meine Welt.

Mit Schwung
schafft man einen Sprung
sagt Oma.

Mit Schwung
hinwegschaukeln
über Herbst
und Winter
bis in den sonnigen März
der schon auf mich wartet.

Auf dem Dach

– Morgen! Wie geht's?
– Gut! Gut! Bei dir auch?
– Ja, schon. Ich finde nur seit ein paar Tagen die Stimmung komisch.
– Ist mir auch aufgefallen. Es ist irgendwie so still.
– Genau, das ist es. Man sieht kaum Leute auf der Straße. Nur im Park ein paar Mütter und Väter mit Kindern.
– Die mit den Hunden sind auch noch da.
– Aber es fahren auch weniger Autos herum. Kein Stau. Wenn ich unten sitze, denke ich: Wow, wo sind die Abgase?
– Ha, ha, ja, stimmt! Allerdings guckt auch keiner mehr hoch, wenn ich mein Abendlied singe. Die sind schlecht drauf, oder?
– Seh ich auch so. Die gehen auch weniger aus. Aber es ist ja auch mal so, mal so: Geschäfte auf, dann früher zu, dann ganz zu. Irgendwie herrscht ein Durcheinander.
– Und ist dir das auch aufgefallen, die sitzen alle so weit voneinander entfernt.
– Nicht nur das: Bis sie sitzen, tragen sie diese Lappen im Gesicht. Das Lächeln über unseren Gesang muss man sich jetzt denken.
– Stimmt!
– Aber diese Stoffe in allen Farben und mit Mustern, ist das jetzt Mode?

– Keine Ahnung!
– Kein guter Geschmack.
– Einige Kinder machen das nicht mit.
– Die Jugendlichen auch nicht. Gestern Abend saßen viele im Park, ziemlich eng zusammen auf einer Decke. Eklig riechendes, scharfes Zeug haben sie getrunken. Sogar die Regenwürmer schmeckten danach schrecklich.
– Wahrscheinlich ist ihnen ein Glas umgekippt.
– Glas? Wenn sie mal Gläser benutzen würden. PLASTIKBECHER. Und die lassen sie dann liegen.
– Falkenscheiße!
– Du sagst es!
– Die sind alle ein bisschen durch den Wind.
– Eine Sache jedenfalls finde ich daran gut: Wir haben großartig viel Platz am Himmel, der ja so blau ist wie nie. Und es gibt auch hier oben keinen Gestank. Wenn du mich fragst: Weniger Flugzeuge am Himmel, das könnte gerne so bleiben.
– Wenn du mich fragst: Weniger Verkehr gefällt mir auch. Die Luft ist unten wirklich gut. Wir können auf jeden Fall besser atmen.
– Besser atmen können alle. Das merken die dann da unten auch irgendwann.
– Hoffen wir's! Guten Flug!
– Dir auch!

Ein Kind, ein Stein, am Rhein

Ein Kind
noch klein
wirft einen Stein
in den Rhein.
»Gute Reise!«,
sagt es leise.

Das kapiert kein Schwein!,
denkt der Stein.
Liegt am Grund
still und rund,
wartet
wohlgestimmt
auf das nächste Kind.

Luftmatratze

Meine Mutter hatte die Vorhänge zugezogen, das Haus abgedunkelt.
Kühl die Fliesen im Flur unter meinen nackten Füßen.
»Fahren wir ins Schwimmbad?«
»Es ist zu heiß.«
»Aber da ist viel Schatten.«
»Es ist zu voll.«
»Was soll ich denn machen?«
»Füße ins Planschbecken.«
Kinderkram.
Nie hatten sie Zeit. Hatten sie Zeit, hatten sie keine Lust.
Meine Mutter arbeitete am Schreibtisch, mein Vater in einem Büro.
Morgens um sechs Uhr stieg er in seinen klimatisierten Wagen, um acht Uhr am Abend kam er zurück.
Sein weißes Hemd glatt und fleckenfrei wie frisch aus dem Schrank.
Viel Arbeit.
Ich legte mich unter die Linde, Kopfhörer im Ohr.
Die Luft flirrte. Bienen und Hummeln flogen von Ringelblume zu Rose.
Ich schaute den Fliegenden zu und hörte und schaute und lag. Ganz still.
Es muss gegen sechs Uhr gewesen sein, als der Wagen in die Einfahrt bog.
Seine Stimme drang durch die Kopfhörer in das Hörspiel.
»Wo bist du?«

Er stand auf der Terrasse, in seinem weißen Hemd.
Er strahlte.
»Zieh dir was an!«, sagte er.
»Warum bist du schon da?«
»Überraschung!«
Ich lief in mein Zimmer, zog T-Shirt und kurze Hose über die Badehose.
Wir trafen uns in der Küche.
Meine Mutter lächelte und schüttelte den Kopf.
»Habt ihr Wasser? Habt ihr was zu essen? Habt ihr Handtücher?« Muttermäßig.
Wozu das alles?
Mein Vater hob die gepackte Tasche.
Unter der Tasche lag etwas Blaues.
»Was ist das?«
»Überraschung!«
Er nahm das Blaue unter den Arm.

Ich durfte vorne sitzen.
Er kurbelte das Verdeck auf und gab mir seine Kappe.
Wir fuhren aus der Stadt hinaus.
Autobahn, Abfahrt, Landstraße, Kreisverkehr, Landstraße, Kreisverkehr, Allee, Sandweg.
Durchfahrtsverbot.
»Wo sind wir?«
»Überraschung!«
Wir stiegen aus.
Er trug die Tasche und das Blaue.
Wir gingen einen kleinen Pfad entlang, zwischen Büschen eine Böschung hinauf, wieder hinunter, wieder hinauf.

Ich hinter ihm. Oben angekommen, blieb er stehen.
Atemlos stellte ich mich neben ihn.
Der See lag zwischen den Bäumen wie eine Lichtung.
Am anderen Ende schwammen Enten.
Wir stiegen hinab zum Ufer.
»Erst mal abkühlen«, sagte er.
Wir rissen die Hosen herunter und liefen in das weiche Wasser.
Es hatte genau die richtige Temperatur.
»Wer zuerst an der Boje ist.«
Er kraulte los.
Ich folgte ihm.
Er schlug an und schwamm zurück.
Als ich das Ufer erreichte, hatte er das Blaue ausgebreitet.
Er pustete. Sein Bauch hob und senkte sich.
Das Blaue war unten rot und aus festem Plastik.
»Ist die neu?«
Er grinste mit den Augen und nickte.

Ich lag auf der Luftmatratze, trieb auf dem See, über mir die Mauersegler, die sich für jede Mücke aus dem Himmelsblau stürzten.
Wir blieben, bis die Sonne untergegangen war, stiegen die Böschung hinauf. Ich schaute zurück. Im See spiegelte sich der Sichelmond.
Unter dem Arm trug ich die blaue Luftmatratze.

Schulbus

Schule aus
Bus nach Haus
kein Platz frei
Quetscherei
keine Luft
übler Duft
alle reden
lautlautlaut
einer spinnt, einer klaut
endlich meine Haltestelle
Türen auf, Luft-Lebensquelle
drängel mich zum Ausgang hin
Busfahren macht keinen Sinn

Opas Nerven

– Mama, glaubst du, dass man Leute aufregen kann, ohne mit ihnen zu sprechen?
– Klar, man kann ja Sachen machen, die blöd sind oder die andere zumindest blöd finden.
– Was denn?
– Also, wenn ich aus einem Café gehe und hinter mir kommt jemand mit einem Tablett Kuchen oder Gläsern und ich lass die Tür zuknallen, dann könnte das die Person mit dem Tablett schon aufregen.
– Aber manchmal macht man ja Sachen nicht mit Absicht. Vielleicht warst du ja in Gedanken.
– Stimmt, so was kann sein. Wie war es denn heute mit deinem schnell aufgeregten Opa im Tierpark?
– Am Anfang war Opa total gut gelaunt. Er wollte sogar auf einem Pony reiten, aber in dem Moment, als er über den Zaun kletterte, kam ein Wärter. Opa hat gesagt, er habe ein Geldstück verloren.
– Hat der Wärter das geglaubt?
– Ja.
– Und was heißt *am Anfang*?
– Später wurde seine Laune schlechter. Auf der Autobahn hat er sich aufgeregt. Alle fuhren ihm zu schnell. Einige hupten mit dem Licht, andere mit der Hupe. Dabei fuhr er immer 100, sagte er. Aber er wollte halt lieber links fahren als rechts. »Das ist mein Recht!«, hat er gesagt, weil er genauso Steuern bezahlt wie die anderen.
– Oh, ich höre ihn schon fluchen.

– Nein, er flucht nicht mehr. Sein Arzt hat es ihm verboten. Wegen seines Herzens. Er darf es nicht mehr. Aber er war gut vorbereitet.
– Vorbereitet?
– Ja, ich musste ihm trotzdem helfen.
– Wobei?
– Er hatte große Pappschilder geschrieben, die haben wir an die Scheibe gehalten, und so konnten die Hupenden und Blinkenden seine Gedanken lesen.
– Aber wie denn?
– Wir sind genau neben denen gefahren. Egal wie schnell die waren.
– Meine Nerven!
– Wieso deine? Opas Nerven. Die hat er so wunderbar geschont. Sobald wir eine Pappe hochhielten, lachte er sich kaputt.
– Was stand denn da drauf?
– »100, du Arschgeige!«
  »Führerschein im Lotto gewonnen?«
  »Umweltsau!«
  »Fuß vom Gas!«
  »Die linke Seite gehört mir.«
– Und damit spielt der während der Fahrt herum?
– Zum Glück hab ich vorn gesessen und konnte ihm helfen.
– Luca, das will ich gar nicht wissen.
– Eine Sache war ein bisschen blöd: Die Schilder waren ziemlich groß, fürs Hochhalten musste ich mich leider abschnallen.

Quengelchen

na, Quengelchen,
geht in deinem Leben
wieder alles daneben?

Unten brennt's

(von unten nach oben lesen)

Ich sitz ganz oben, das war klar.
»Alle weg! Einsturzgefahr!«
Feuerwehrmann mit Megafon
Blaulicht, laut, ich hör es schon
retten sich um jeden Preis
es wird ungemütlich heiß
weiter
weiter
weiter
auf der Leiter
weiter
weiter
weiter
auf der Leiter
weiter
weiter
weiter

Zugspitze

Z
Z
Z
zuzuzu
Zug
zugig
spitz
spitze
Zugspitze

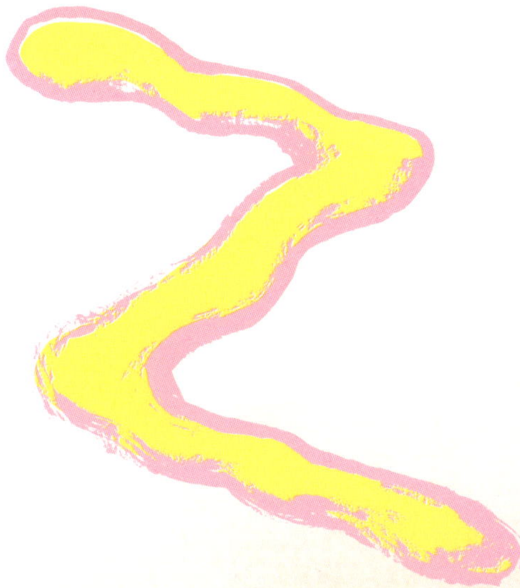

Kranführerin

– Mama, ich weiß, was ich mal werden möchte.
– Das ist toll, was denn?
– Ich werde Kranführerin.
– Oh, das ist aber sehr einsam da oben.
– Aber man kann superleicht Container heben.
– Es ist auch gefährlich.
– Man kann die Berge sehen und den Fluss und Menschen im Schlafzimmer und nackte Frauen, die in der Sonne liegen.
– Interessiert dich das?
– Ja, klar.
– An Weihnachten montieren die Leute mir einen Baum auf den Kran.
– Das kannst du gar nicht sehen, weil der hinter dir steht.
– Ach so!
– Man muss sehr viele Stufen hochsteigen, da gibt es keinen Aufzug.
– Das ist gesund, dann muss ich nicht in ein stinkiges Fitnessstudio.
– Und wenn du auf Toilette musst?
– Ich pinkel in eine Flasche.
– Du bist doch kein Mann.
– Ich hab das schon geübt, im Stehen pinkeln klappt ganz gut.
– Wo hast du geübt?
– Im Wald.

– Wenn die Sonne scheint, sitzt du in deiner Kabine wie ein Hähnchen auf dem Grill.
– Mama, sag das nicht. Du weißt, ich bin Vegetarierin und liebe Tiere.
– Aber es ist so.
– Ich finde das toll, Container, Bretter, Betonmischmaschinen, Dixi-Klos – all diese schweren Sachen an einem dicken Seil hin und her zu tragen. Ich wäre sehr stark.
– Aber die nächste Baustelle liegt vielleicht in einem kleinen Dorf, ohne Berge und ohne Fluss.
– Stimmt, könnte sein.
– So ein Haus ist ja irgendwann fertig.
– Hm.
– Dann wird der Kran abgebaut und kommt in eine völlig langweilige Stadt, wo sich keine nackten Frauen sonnen, wo es nur Büros gibt, in denen Leute auf ihre Bildschirme glotzen.
– Bist du jetzt eine Spielverderberin?
– Ich sage nur, wie es ist. Du musst es dir genau überlegen.
– Manno, du hast recht. Es könnte langweilig werden, auch wenn man sehr stark ist als Kranführerin.
– Hast du noch eine zweite Idee?
– Logo, vielleicht werde ich Tierärztin.

Mathetest

Sitze am Tisch, bin bereit,
plötzlich läuft meine Zeit,
da öffnet sich über mir
eine Tür.
Zimmerdecke weggerollt,
grünes Blattwerk, in dem tollt
eine Schar kleiner Affen,
die gaffen.

Ich starre auf Papageien,
Tukane, Aras, alle schreien:
»Mach doch hinne mit dem Mist,
dass du endlich fertig bist!«

Ich schau nieder auf mein Blatt,
irgendwas läuft hier nicht glatt,
denn statt langer Zahlenreihen
fängt es plötzlich an zu schneien.

Soll ich etwa Flocken zählen?
Will man mich hier extra quälen?
Über mir das Blätterzelt,
duftend-feuchte Dschungelwelt.

Fällt ein Seil in meinen Raum,
ich ergreif's, schon auf dem Baum.
»Bist befreit!«, freun sich die Affen,
»Mathe kann nicht jeder raffen.«

Stimmt wohl, doch was mach ich hier,
bin ja auch kein Urwaldtier.
Da fällt mir die Lösung ein.
Decke zu, komm nicht mehr rein.
Statt Matheprüfung, enorm fies,
heute Balztanz der Kolibris.

Mond

hallo, Mond, du bist so rund
und du strahlst so volles Pfund
aber bunt machst du es nicht

du erhellst mit deinem Licht
alles irgendwie
nicht

Fußball und Flipflops

Flipflops

Schuhe finde ich voll blöd.
Leder, Leinen, eng und öd.
Nur ein Paar, das ist voll cool,
Leute tragen es am Pool.
Ich mag die Musik der Schritte,
wie das tönt: Lauter, bitte!

flipflopflipflopflipflopflip
flapflapflapflapflapflapflap
flipflopflipflipflopflopflip
flapflapflapflopflapflopflop

Schritt für Schritt – niemals zurück.
Schritt für Schritt – ein neues Stück.
Und an einem Regentag
heißt das Lied, das ich so mag:
Chuckachuckachuckachuck!

Bloßfußindianer

Sie muss etwas einkaufen, sagt sie.
Ich soll auf der Parkbank warten, sagt sie.
Es geht schnell, sagt sie.

Es geht nie schnell, denke ich.
Immer soll ich warten, denke ich.
Immer muss sie etwas einkaufen, denke ich.

Meine Füße streifen über den Boden,
fliegen hin und her,
hin und her,
immer wilder,
wie eine Schiffschaukel,
vor und zurück,
vor und zurück.
Staub wirbelt auf.

Da liegt er,
orangefarben
von Kopf bis Fuß,
sogar sein Pfeil und sein Bogen
und sein Lendenschurz
und die Feder in seinem Haar.

Er passt genau in meine Hand.
Er zeigt in die Ferne.
Er erzählt mir von seinen Abenteuern.

War es langweilig, fragt sie.
Ich schüttel den Kopf,
meine Hand in der Hosentasche.
Warte hier, Bloßfußindianer.
Warte auf mich!

Niemals nie Angst

rechte Hand ans Seil
linke Hand ans Seil
hinter mir das Brett
Luft holen
Kraft in die Arme pumpen
sich hochziehen, irgendwie
abrutschen
stehen
warten
einatmen
Kraft schöpfen
hochziehen
mit dem Po auf die Brettkante
sich nach hinten schieben
ausatmen
Beine zusammen
nach vorne strecken
Beine auseinander
nach hinten ziehen
Hände am Seil
festhalten
mich selbst
Beine vor
Beine zurück
alles quietscht
Schwung aufnehmen
vor

zurück
kleiner Wind
Haare fliegen
mehr Wind
an Armen, Beinen, Wangen
hoch – höher – am höchsten
in der Luft
mit den Zehenspitzen
die Tanne berühren
juchzen
lachen
keine Sekunde
niemals
nie
Angst
haben

Fertig!

Auf diesen Tag habe ich gewartet.
Alles ist vorbereitet.
Das Monsterkostüm mit der Plastikmaske liegt in meinem Schrank.
Wir sind allein, mein Bruder Linus und ich.
»Feeertiiiig! Feeeertiiiig! Feeeertiiiig!«
Er brüllt schon zum dritten Mal durch das ganze Haus.
Nervig.
Er zieht die Es und Is unendlich in die Länge und wird immer lauter.
Pech für ihn, dass meine Mutter ihn vergessen hat. Auf der Toilette. Krass. Sie ist zum Chor gefahren.
Ich werde ihm nicht seinen kleinen Hintern abputzen.
Unter keinen Umständen. Niemals.
Er soll es allein versuchen.
Er ist fünf Jahre alt und hat eine verdammt große Klappe.
Ich höre ihn mit den Badewannen-Plastikenten reden.
So, Nervensäge, denke ich, jetzt bist du dran.
»Fertig! Fertig! Fertig! Fertig!« Linus schreit unfassbar und klatscht seine Hände dabei auf die nackten Oberschenkel.
»Mama! Komm endlich!« Er wird sauer.
Ich grinse.
In weniger als drei Minuten stecke ich in dem Gruselkostüm, schnappe mir die Leiter aus der Garage, laufe durch den Garten zum Badezimmerfenster, das offen steht, und klettere hoch bis zur letzten Sprosse.

Gerade will er wieder losbrüllen, da sage ich mit tiefer Stimme: »He, Zwerg, halt die Luft an!«
Beinah wäre er vor Schreck in die Toilette gerutscht.
»Deine Mutter ist nicht da. Dich hört keiner, also musst du endlich allein klarkommen. Kapiert?«
Linus nickt.
»Außerdem nervst du mich mit deinem ewigen Gebrüll! Ich hab's satt!«
Linus ist so bleich wie das Waschbecken. Fast tut er mir ein bisschen leid. Aber nur fast und nur für eine Sekunde.
»Also, aufgepasst: T-Shirt hoch. Mit linker Hand abstützen. Füße auf das Bänkchen stellen. Los, mach! Mit rechter Hand Klopapier abreißen!«
Linus macht alles, was ich sage. Zweimal muss er Papier abreißen, und irgendwie schafft er es.
»Na bitte!«, sage ich mit sehr tiefer Stimme. »Jetzt runter vom Klo. Hose hochziehen. T-Shirt runter. Abziehen. Hände waschen.«
Linus nickt.
Ich schaue von oben durch das Badezimmerfenster auf meinen Bruder. Als er am Waschbecken steht, auf Zehenspitzen, mit Seife auf seinen Händen, kam wohl ein bisschen Mut angeflogen, denn plötzlich ruft er: »Das heißt nicht abziehen, das heißt abkloen!«
Und dann läuft er, so schnell er kann, Richtung Küche und brüllt: »Mama, Mama! Da ist einer.«
Während Linus meine Mutter sucht, verstecke ich das Kostüm und die Leiter in der Garage.
»Alles in Ordnung?«, frage ich ihn im Flur.

»Stell dir vor, Luca, im Bad war ein Monster. Riesengroß mit ganz tiefer Stimme. Ich hab ihm das Abkloen erklärt, es hat alles verstanden. Es kommt bestimmt morgen nicht wieder.«
Ganz bestimmt nicht, denke ich und weiß, dass er nie wieder »Fertig!« brüllen wird.

Rechenass

Vier plus vier ist acht,
wer hätte das gedacht.
Fünf durch zwei bleibt zwei,
Rechnen macht mich frei.

Drei mal sechs ist sieben,
wo ist das Problem geblieben?
Sechs minus neun ist null,
es läuft gut, echt cool.

Und so mach ich weiter.
Rechnen stimmt mich heiter.
Rechnen ist wohl wichtig.
Ich mach alles richtig.

Lehrer schaut verdattert
auf mein volles Blatt.
Da, der Wecker rattert,
fühl mich ziemlich matt.

War das nur ein Traum?
Ach, das stört mich kaum.
Schnell die Decke weg,
freue mich wie jeck.

Über Nacht zum Rechenass
so macht es mir total Spaß.
Und mit meiner Masche
nie mehr Matheflasche!

Geister der Nacht

Ihr Geister der Nacht,
jetzt bin ich aufgewacht.
Irgendwo hat's doch gekracht.
Geister? Hallo? Ihr lacht?

Und so lieg ich im Dunkeln,
höre Rascheln und Munkeln.
Skelett und Zombie beim Schunkeln?
Geister? Ich seh eure Augen funkeln.

Tropfen fallen, erst ganz leise,
prasseln heftig, bilden Kreise.
Ich hör den Gesang der Meise.
Geister? Macht euch auf die Reise!

Fette Beute

Samstagsmorgens kurz nach sieben,
das find ich nun übertrieben,
wetten sie, wer wohl gewinnt,
ob der Schiri wieder spinnt,
ob der Sturm im Training ist,
welchen Spieler man vermisst.

Papa und sein bester Freund,
nicht ein Spiel wird da versäumt.
Jeden Samstag geht das so:
Vor dem Heimspiel schnell aufs Klo,
schnappen sie ein Bierchen gleich,
Wurst dazu: Himmelreich.

»Du bist krank, ich fass es nich!«,
ruft mein Vater außer sich.
Für das Spiel, auf das sie warten,
gibt's seit Wochen keine Karten.
Doch ich höre, kann's nicht glauben,
meinen Namen. Schließ die Augen.

Und dann steht er plötzlich da,
zwinkernd, lächelnd, mein Papa.
»Sohn, hast du heut schon was vor?«
Er fragt mich? Mir glüht das Ohr.
»Nein!«, schrei ich wie Supermann,
zieh mir gleich die Schuhe an.

Kaum sind wir im Stadion,
höre ich das Megafon
und die Lieder, die Gesänge,
rot und weiß sind alle Ränge.
Spieler laufen winkend ein.
Ich fühl mich unsagbar klein.

Dann beginnt das Hin und Her.
Manches Dribbeln endet quer.
Manches Abspiel geht daneben.
Mancher Torschuss außen eben.
Mancher Spieler fault herum.
Mancher Pass erscheint echt dumm.

Tore fallen irgendwie –
nie!

Plötzlich läuft es wie der Blitz,
Papa holt es jetzt vom Sitz.
Konzentrier mich auf die Zehn:
Irgendwann muss mal was gehn.
Da, er rennt, er schießt, prescht vor.
Endlich fällt das erste Tor.

Feuern wir sie weiter an,
so ein zweites Tor wär dran,
denn die Jungs, sie spielen gut,
spritzig, knackig und mit Mut.
Unsere Lieder sprechen Bände,
doch das Heimspiel fast zu Ende.

Schlusspfiff! Alle springen auf.
Männer, Frauen voll gut drauf.
Seh nur Rücken, Mützen, Schals.
Sing die Hymne abermals.
Juchze, jauchze, bin im Glück:
Superspiel, Meisterstück!

Und ich denke: Armer Klaus,
siehst das Spiel allein zu Haus.
Danke, dass du krank warst heute.
Für mich: megafette Beute.

Kleine Schwester

Komm zu mir, kleine Schwester!
Mit dir wär's einfach besser.
Ich frag mich, wo du bist,
ob du mich nicht vermisst.
Du gehörst an meine Seite,
auch wenn ich mich später streite.
Mama sagt, du schwebst im All.
Zack, da bist du mit Krawall.

Mag wohl deine dicken Beinchen
und dein Rosa wie bei Schweinchen,
Kulleraugen und zehn Finger,
aber was sind das für Dinger?
Habe ich noch nie gesehen,
Riesenkugeln, ist das schön?
Alle freun sich, du im Puder,
nennt man so ein Baby Bruder?

Tor!

Herzklopfen und Zitterknie.
So nervös war ich noch nie!

Treffen Sonntag Punkt zwölf Uhr.
Stollenschuhe stehn im Flur.
Schienbeinschoner unter Stutzen.
Vorher noch ein Brot verputzen.
Lederball und Pumpe packen,
Schuhe drücken an den Hacken.

Heute ist das erste Mal,
ich im Team bin ihre Wahl,
kann mit neuen Freunden kicken,
gucken, wie die andren ticken.
Für die Tore nehm'n wir Jacken.
Jeder hat so seine Macken.

Rennen, brüllen, straucheln, schnaufen,
Jubel, wenn die Pässe laufen.
Diese Gegner sind echt stark,
längst bekannt im ganzen Park.
Unser Torwart, schnell wie Mücke,
wehrt ab, sehr zu unsrem Glücke.

Aber Tore fallen doch.
Stimmung sinkt ins tiefste Loch.
Keinen Schuss kann ich platzieren,
stolper, lieg auf allen vieren.
Gegner führen acht zu sieben.
Wo ist unsere Kraft geblieben?

Da hält einer mich am Hemd.
Und der Schiri, ob der pennt?
Ich spür erst die Wut im Bauch,
in den Beinen plötzlich auch.
Zorn spornt mich so richtig an,
und ich renn und pass und kann

es dann selber kaum noch fassen,
ahne, wie sie mich jetzt hassen,
niemand kommt mir mehr zuvor,
dribbel, rase, schieß aufs Tor:
Ball fliegt in die rechte Ecke,
ich flieg jauchzend in die Hecke.

Während alle mich umringen,
immer wieder auf mich springen,
pfeift der Schiri volles Rohr.
So, das war mein erstes Tor!

Weltberühmt

– Mama, was findest du richtig schrecklich?
– Da muss ich nicht lange überlegen:
Wenn ich euch nicht mehr in den Arm nehmen kann.
– Nee, so was meine ich nicht. Eher so was, was dir ganz alleine passiert.
– Schlimm finde ich, eingesperrt zu sein. Irgendwo, ohne Licht!
– Meinst du wie bei einer Entführung?
– Ja, so stell ich mir das vor.
– Und das Zweitschrecklichste?
– Puh, können wir nicht über schöne Dinge sprechen?
– Nein, die kenn ich ja schon.
– Also schlimm wäre für mich, wenn ich nicht mehr laufen könnte.
– Meinst du joggen?
– Ja, das auch, aber auch draußen herumlaufen, im Wald oder im Park. Ich finde Durch-die-Welt-Gehen toll. Ich könnte stundenlang im Kreis herumlaufen oder hin und her, dabei kommen mir immer gute Ideen. Richtig super.
– Stundenlang?
– Na ja, das ist vielleicht ein bisschen übertrieben. Aber eine Stunde oder zwei oder drei … das geht schon.
– Mama, hast du den falschen Beruf? Warum bist du denn OP-Schwester geworden, da musst du ja stundenlang stehen?
– Was hätte ich denn werden sollen?

– Marathonläuferin.
– Nein, nein, dafür bin ich nicht gut genug. Aber, Luca, was wäre denn für dich das Schönste?
– Eine berühmte Mutter zu haben, die einen Weltrekord läuft.

Jan-Hendrik hat nämlich Muskeln

Jan-Hendrik hatte Füße, kleine,
und meterlange dünne Beine,
sein Blick war scharf, sein Schritt stets schnell,
wo er erschien, da wurd es hell.

Jan-Hendrik, schmal wie eine Flunder,
mit Muskeln, die bewirkten Wunder,
besaß er wirklich mächtig Kraft
und presste Birnen flugs zu Saft.

Jan-Hendrik wollte alles wissen
und keinen Tag die Schule missen,
am meisten liebte er den Sport,
das war für ihn ein Zauberwort.

Er konnte viel von jetzt auf gleich,
nahm Anlauf, sprang in einen Teich,
schwamm los, kraulte so manche Runde
ganz ohne eine Übungsstunde.

Jan-Hendrik trug Kisten wie Pommes Frites.
Sein Vater staunte: Ist das ein Witz?
Für Mutter schleppte er Kästen Wasser,
von Jahr zu Jahr wurd die Stärke krasser.

Jan-Hendrik ist jetzt Arzt für die Kleinen.
Sein Muskelspiel beendet ihr Weinen.
Er nimmt sie hoch, wirft sie in die Luft,
wieder im Arm, ist die Angst verpufft.
Sein stärkster Muskel aber ist sein Herz,
das schlägt für die Kinder in Doppelterz.

Mama – Oma – Uroma

– Mama, ich kenn die Oma ja nicht so gut, aber du schon, oder?
– Sicher!
– Dann ist das jetzt schlimm, dass sie gestorben ist?
– Ja, das ist sehr traurig, sie ist ja meine Mutter.
– Wie lange kanntest du sie?
– Vierzig Jahre.
– Und davor ist schon Uroma Elli gestorben. War das auch schlimm?
– Es ist immer traurig und manchmal auch schlimm, wenn jemand stirbt. Aber die Uroma Elli war sehr alt.
– Wie alt?
– 97.
– Und war die Oma da traurig, weil doch die Uroma Elli ihre Mutter war?
– Ganz bestimmt!
– Obwohl die Uroma schon so alt war?
– Ja, letztlich ist es egal, wie alt jemand ist.
– Gerade hast du gesagt, sie war schon so alt. Hörte sich an wie »nicht so schlimm«.
– Nein, so meinte ich das nicht.

– Dann bist du jetzt die Nächste, Mama?
– Die Nächste von was?
– Na ja, die stirbt?
– Aber jetzt doch noch nicht.
– Du hast aber eben gesagt, man weiß nie, wann. Bellas Mutter ist auch gestorben.
– Gut, du hast recht, wenn man krank wird, kann das schnell gehen.
– Meinst du Krebs?
– Zum Beispiel.
– Könntest du Krebs kriegen?
– Oh, Luca, jeder Mensch kann Krebs kriegen oder andere Krankheiten.
– Ich etwa auch?
– Theoretisch schon, aber es ist unwahrscheinlich.
– Warum?
– Weil Kinder seltener Krebs bekommen als Erwachsene. Kinder brechen sich den Arm oder das Bein, davon stirbt man in der Regel nicht.
– Mama, weißt du was, eine Mutter stirbt nie. Die Uroma Elli bleibt immer die Mutter von der Omi, die Omi bleibt immer deine Mutter. Und du bleibst immer meine Mutter.
– Was bist du bloß für ein liebenswertes, kluges Mädchen.

Hüpfgedicht

hüpfe auf den Bürgersteig
hüpfe über einen Zweig
hüpfe weiter frohgemut
frische Luft, weg die Wut

hüpf vorbei am Ehrenmal
hüpf über nen verlorenen Schal
hüpf den Langen Berg hinunter
übern Bach, fühl mich hüpfmunter

stehe dann vor Omas Haus
langsam geht die Puste aus
Arme, weich, umschlingen mich
Wange an Busen, sie und ich

wie wundervoll, dass es sie gibt
wie wundertoll, dass sie mich liebt
ich hüpfe weiter Tag für Tag
weil ich Busen-Oma sehr mag

vermiss ich dich

manchmal vermiss ich dich bis Hawaii
manchmal bricht mein Herz entzwei
manchmal wünsch ich mir Beamerei
manchmal zerfließ ich wie ein Brei

manchmal bist du überall
manchmal hältst du mich im Fall
manchmal stehst du neben mir
manchmal seh ich dich um vier
oder war es doch schon zehn
jedenfalls bleibst du nie stehn

wie auch immer
eins wird klar
ich find dich
echt wunderbar!

Sonnenblumen und Heuköniginnen

Waldspaziergang

Ich hätte dir
Zweige mitbringen können
Blätter in allen Farben
Pilze oder Beeren
einen dicken Ast, vermoost
eine Handvoll Tannennadeln.

Nicht aber
das Zwitschern der Grünfinken
das Spechtklopfen
Mäuserascheln
Blätterrauschen
das Fallen der Eicheln
das Knirschen der Steine
unter meinen Schuhen.

Nicht
den Geruch von Waldboden
von alten und älteren Blättern.

Nicht
die Zufriedenheit.

hasengrau

Osterwind, von Osten lau
Krokusse im Morgentau
Wiesen, Felder hasengrau

Laubenversteck

Zehn Häuser. Zwei Pappeln. Ein Bretterzaun. Eine Linde.
Fenster an Fenster.
Tausend Augen.
Teppichstangen, Zigarettenkippen, Kronkorken.
Hier wohne ich.
Jeden Nachmittag spielen wir auf dem sonnenverbrannten Rasen.
Manchmal hinter den Müllhäuschen.
Jeden Abend ruft meine Mutter zum Abendessen.
Jeden Abend denke ich:
Nicht nach oben! Nicht in die Wohnung!
Keine Wand. Keine Decke. Keine Tür.
Es ist Sommer. Draußen bleiben! (Mit Fritz!)
Die Luft im Hinterhof steht.
Fritz darf immer draußen bleiben. Seine Mutter ruft nie.

Wir hören Mamas Stimme und hören sie nicht.
Hocken im Kellerabgang auf der Treppe.
Wir kennen alle Geräusche.
Jetzt plätschert Wasser, ein Topfdeckel scheppert.
Sie steht am Herd.
Unser Zeichen.
Wir laufen los. An der Hauswand entlang.
Bis zur Ecke des Hofs.
Quetschen uns durch den Bretterzaun.
Passen gerade noch hindurch.

Vor uns der wilde Garten: Tannen, Birken, Sträucher.
Kamille.
Glyzinie und Efeu wachsen über das Holzhaus.
Die Tür knarzt.
Staubbedeckt der alte Rasenmäher, Schaufeln und Harken.
Wir setzen uns auf zwei Eimer. Wie immer.
Unser Atem geht schnell.
Heute sind wir noch schneller gelaufen.
Wir halten uns an der Hand.
Wir schließen die Augen.
Und dann
dann
unser erster Kuss
im Laubenversteck.

Grashalm sein

Ich wär so gern,
nein, nicht am Himmelszelt ein Stern,
sondern ganz in deiner Nähe.

Ich könnt ein schmaler Grashalm sein,
anfangs Samen und recht klein
würd ich ohne Faxen nach oben wachsen.

Ich wär stark und leicht zugleich,
stünde rum in deinem Reich,
mit den anderen – Ohr an Ohr – grüner Flor.

Würde mit dem Winde wippen,
auch mal leicht zur Seite kippen.
»Igitt, Regen«, piepst die Maus. Macht mir nichts aus.

Grün und lang sein – das ist toll,
nicht allein sein bringt es voll,
mit der Sonne Schatten stanzen,
unter Hagel Pogo tanzen.

All die anderen halten mich,
wippen, flattern, biegen sich,
rufen laut nach alter Sitte:
»Komm in unsre Mitte, bitte!«

Rittersporn

Dastehen in aller Pracht
aussehen wie fein gemacht
hochgewachsen blütenvoll
rispenwippend wundertoll
zackig Blatt und Dolden blau
bist du stark wie Superfrau.

Aber alles ändert sich
rückt man näher ran an dich
deine Blätter seidenweich
deine Blüten zart und reich
hochzerbrechlich deine Zweige
müsstest doch im Grunde feige
dort in deinem Leben stehen
das jedoch kann ich nicht sehen.

Du bist frei von Angst und Zorn
bist ein wahrer Rittersporn.

Königinnen des Heus

Wir laufen den Heimweg von der Schule
hüpfen
schubsen uns in den Graben neben der Straße
die Luft kitzelt in unseren Nasen
wir reißen die Arme hoch
lachen über alles und nichts
und als wir den Hang erreichen
liegt es da

Bahn neben Bahn neben Bahn
Grashalm neben Butterblume
Hafer neben Buschwindröschen
Brennnessel neben wildem Rhabarber
schlaff rollen sich die Blätter
die Stängel vergilben schon
und über der Wiese schwebt
der Duft der langen Sommerabende

und wir lassen uns fallen
rollen den Hang hinunter
prusten
liegen still
pulen die Halme aus unseren Locken
und kratzen unsere juckenden Beine
strahlen
weil wir die Königinnen des Heus sind.

Sonnenblumen

An diesem Morgen
recken sie
die Hälse
hinauf in den Himmel
und stehen
besonders stolz
– gelb und braun –
zweieiige Zwillinge
der Sonne zugewandt
als wüssten sie
dass der Regen naht.

Heu machen

Blumen, Gräser, Blüten
mähen, mähen, mähen
duften, duften, duften
Gefliege, Gesumme
Gekrieche
Sommer

mischelmascheln

loslaufen
fischelfaschel
durch das Laub
tischeltaschel
Blattkonzert
knisterknaster
Herbstsonate
risterraster
ewig könnt ich mischelmascheln
mit dem Herbstlaub weiterrascheln

Bucheckern-Zwillinge

»Du kantiges Glanzstück«, sagt der eine Zwilling.
»Selber«, sagt der andere Zwilling.

Nebeneinander liegen sie auf dem staubigen Boden.

»Wir sind viele«, sagt der eine Zwilling.
»Von einer Mutter«, sagt der andere Zwilling.

Über ihnen das Blätterdach der Rotbuche.

»Sie ist alt«, sagt der eine Zwilling.
»Über 60«, sagt der andere Zwilling.

Sie schweigen.

»Die Tiere werden uns fressen«, sagt der eine Zwilling.
»Die Menschen werden uns rösten«, sagt der andere Zwilling.

Es ist kühl im Schatten.

»Bucheckern!«, rufen die Kinder
und stecken die Zwillinge in ihre Hosentaschen.

Kartenspiel

Wir pflückten gelbe Blätter
vom Oleanderstrauch,
warm-sonnig das Herbstwetter
und du mit nacktem Bauch.

Wir sollten draußen bleiben,
nichts anderes ließen sie zu,
uns unsere Zeit vertreiben,
sie wollten ihre Ruh.

Wir pflückten nur die gelben,
sie waren lang und schlank,
die glatten und dieselben
legten wir auf die Bank.

Mit Kuli schrieben wir Zahlen,
nahmen die Blätter in die Hand.
Am Ende konntest du prahlen,
als Gewinn bekamst du mein Pfand.

Stundenlang spielten wir Karten,
wir hatten mächtig Spaß.
Schön war es im Garten,
sodass ich das Drinnen vergaß.

Walnussbaum

Meine Großeltern hatten ein Haus,
einen Garten,
eine Tante, die sie versorgten,
ein großes Ölgemälde mit Schafen
und kein Auto.

Mein Großvater hatte außerdem eine Krankheit mit A
und unter seiner Nase ein Bärtchen aus schwarzem Haar.
Er war groß und stattlich und roch streng nach
Rasierwasser.
Ich wollte nicht auf seinem Knie sitzen.
Meine Oma schaute immer freundlich.

Einmal feierten sie ein Fest –
warmer Sonntagnachmittag.
Leute saßen herum,
tranken Kaffee und Schnaps,
aßen Apfelriemchen mit Hagelzucker,
rauchten und sprachen laut und lachten.
Gesichter rot, Bluthochdruck.

Ich hatte Langeweile
und davon viel,
da sah ich ihn zum ersten Mal,
unten im Garten,
stolz ragte er auf
– dichtes Blattwerk –

die Äste voller Früchte.
Ich ging die Stufen hinunter,
weg von den Menschen
mit den weißen Hemden,
vorbei an den Johannisbeersträuchern,
über den Rasen
bergab
bergab
dem Plätschern des Baches entgegen
durch das Oktoberlicht.

Das Gras war übersät mit Nüssen,
ich nahm zwei,
drückte sie gegeneinander,
brach sie auf,
löste die Frucht aus der Schale,
entfernte die kleine Holzhaut.
Nuss um Nuss.

Es dunkelte schon, als meine Mutter rief.
Zum Abschied legte ich
meine zu kurzen Arme
um meinen neuen Freund,
den Walnussbaum.

Ute Wegmann, geboren 1959, studierte Romanistik und Germanistik in Köln und arbeitet als Autorin, Moderatorin, Literaturkritikerin und als freie Redakteurin für den Deutschlandfunk. Sie lebt in Köln. In der Reihe Hanser sind u. a. erschienen »Sandalenwetter« (dtv 62219), »Weit weg … nach Haus« (dtv 62299), »Dunkelgrün wie das Meer« mit Bildern von Birgit Schössow (dtv 64020) und »Toni« (dtv 64033) mit Vignetten von Rotraut Susanne Berner.

Thomas Müller, geboren 1966 in Gera, studierte an der Hochschule für Grafik und Baukunst in Leipzig und an der Kantonalen Schule für Gestaltung in Luzern. Er ist Professor für Illustration an der Hochschule für Grafik und Buchkunst (HGB) in Leipzig. Für seine Arbeiten wurde er mehrfach ausgezeichnet. In der Reihe Hanser sind mit seinen Illustrationen die »Tschipo«-Bücher von Franz Hohler erschienen.

Dank

Einmal im Jahr lade ich Freunde und Nachbarn ein: Zu einem vorgegebenen Thema schickt mir jeder/jede ein Wort, dazu schreibe ich täglich ein Gedicht oder eine Geschichte. Einige der Texte entstammen diesen Sommerprojekten. Danke für eure inspirierenden Worte: Alex, Andreas, Angela, Anton, Axel, Andreas + Bina, Balou, Caroline, Christiane, Franziska, Franz, Heike, Heinz, Lisina, Lukardis, Maren, Maria, Martina, Matthias, Olaf, Ringo + Roli, Robert, Roland, Nora + Stefan, Susanne, Thekla, Thomas, Thurid, Ulla, Ulrike, Ute und Jan-Hendrik.

Gabriele, danke für dein Vertrauen.

Danke, Maria (Müller), Paul (Berf) und Susan (Kreller) – für Ehrliches.

Und Thomas? Ich danke dir für die spritzigen, humorvollen und sensiblen Bilder, durch die ich meine Geschichten neu gelesen und so oft sehr gelacht habe.

Verzeichnis der Gedichte und Geschichten

25 Kaulquappen 19

Auf dem Dach 94
Auf der Fensterbank 31

Bademantelgürtel 88
baden gehen 43
Basilikum 71
Bloßfußindianer 116
Bucheckern-Zwillinge 153

Der Po des Schwans 18
Die Eisheiligen 51
Die Welt – oben und unten 92

Ein Kind, ein Stein, am Rhein 96
ein Tierchen 9

Ferien in Rimini 70
Fertig! 120
Fette Beute 126
Flipflops 115
Freibadduft 87
Freundschaft 83

Gebimmel 15
Gedanken einer Küstenseeschwalbe 22
Geister der Nacht 125
Grashalm sein 147

hasengrau 144
Heu machen 151
Heute ist es wirklich zum … 37
Holunderblütenmilchsuppe 63
Hüpfgedicht 138

Jan-Hendrik hat nämlich Muskeln 134

Kartenspiel 154
Kastanien 79
Kedi und Köpi und der Elterntausch 26
Kleine Schwester 129
Königinnen des Heus 149
Kranführerin 106

Laubenversteck 145
Luftmatratze 97

Mama – Oma – Uroma 136
Mango im Haar 69
Marienkäfer 10
Mathetest 108
matschig 49
Mein Regenraum 41
Mein Schulweg 66
mischelmascheln 152
Möwen im Tiefflug 21
Mond 110
Mütze auf 55

Nasengetriefel 50
Nebel 53
Niemals nie Angst 118
nordwärts? 44

Opas Nerven 101

Pferd, Pudel und Elefanten 12
Pinienkerne 72

Quengelchen 103

Rechenass 123
Regenfenster 54
Rittersporn 148
Rotkehlchen 30
Sahnehörnchen 64
Schattenspringen 46
Schlauchboot 85
Schulbus 100
Senf 74
Silberwiese 47
So ein Esel 17
So ein Tag 84
Softeis 61
sommermüde 44
Sonnenblumen 150
Strand 42

Tor! 130
Traum am Meer 90

Unten brennt's 104

vermiss ich dich 139
Vielliebchen 76

Waldspaziergang 143
Walnussbaum 155
Weltberühmt 132
Wenn ein Ärger dich erwischt 35
Wildschwein und ich 24
Winterliebe 56
Wir sind nicht traurig 48
Wuselwisch 28

Zugspitze 105
Zusammenprall 11